U0058675

君偉上小學 1

年級 鮮事多

文 王淑芬
圖 賴 馬

開場

各位大、小朋友，不管你現在幾歲，你一定曾經、或目前正是、或將要讀國民小學。這一套【君偉上小學】，就是以國民小學為背景的校園生活故事。本系列一共有六本，分別是：

《一年級鮮事多》、《二年級問題多》、《三年級花樣多》、《四年級煩惱多》、《五年級意見多》與《六年級怪事多》。

你正在讀幾年級？最懷念哪一年級？歡迎認識張君偉與他的同班同學們，請大家陪他們一起歡笑、一起成長。

目次

人物介紹

張君偉

我長得白白胖胖，媽媽說我是小帥哥。我最喜愛昆蟲，長大後想開一家「昆蟲博物館」。

張志明

我長得黑黑瘦瘦，奶奶說我像一隻小猴子。我什麼都不怕，連蟑螂都不怕。

君偉媽媽

我的口頭禪是「聽媽媽話的孩子不會變壞」，真的。

王婷

我是一年九班的班長，我是女生。我功課很好，視力也很好。我的嗜好是站在講臺記名字。

林世哲

我有點愛哭，我的興趣是向老師報告誰不乖。

李靜

我有時很凶，有時不凶。我很不幸的和張君偉坐在一起。

蕭名揚

我長得胖胖的，大家都說我太愛吃了，哪有啊！

一年九班林老師

我的臉上長了幾顆青春痘，只有幾顆喔。我很溫柔，喜歡穿長裙。我每天到一年九班上課，都覺得好像是在上戰場。

1 我畢業了

嗨，各位好，

我是張君偉，我從幼兒園畢業了。我有領到一張獎狀呢，上面寫的是「言行大方獎」，我不知道那是什麼意思？

媽媽說：「這個獎的意思應該是：你在學校話很多、沒有乖乖的坐在位子上，喜歡亂動。」她又說：「等你上小學一年級，就會很慘。」

爸爸點點頭，也補充說：「記得上次你和兩個同學被罰站嗎？你沒有乖乖站好，反而忙著抓蝴蝶，又解剖給另外兩個人看，還一起哇哇大叫，結果被老師發現了，再罰站十分鐘。唉，你連罰站這件事都做不好，要怎麼上小學？」

我一聽，立刻大聲說：「我不

要上小學！」

爸爸媽媽口中的「小學」聽起來真像恐怖城堡，城堡裡的老師像是一天到晚要小孩罰站的巫婆。我不愛巫婆，我只喜歡昆蟲。

結果，爸爸媽媽連忙搖頭，大聲對我說：「小學不是恐怖城堡啦，不要擔心。」又說其實小學比較像是人間天堂，那裡的老師既美麗又溫柔，看到毛毛蟲不但不會尖叫，還會教我們許多昆蟲的知識。所以，

如果將來我想當昆蟲專家，現在一定得進小學去讀書，以後才有機會得到「昆蟲研究獎」，而不是「言行大方獎」。

各位已經讀過一年級和正要讀一年級的大、小朋友，希望你們會喜歡我在學校裡發生的一些新鮮事。

2 我要讀一年級了

明天是開學日，也是我讀一年級的第一天。對爸媽來說，這件事大概很重要，因為今天我們全家到餐廳去吃牛排；記得上次吃牛排是為了慶祝爸爸升官當經理。媽媽還幫我買了一個蛋糕，上面的卡片寫著：「祝上學快樂」。

爺爺送我一個紅包，上面寫著：「鵬程萬里」。

爸爸搖頭說：「通常畢業才會寫鵬程萬里。」爺爺則說：「偉偉幼兒園畢業了啊。」

媽媽幫我檢查所有上學的「道具」，在上面全寫上我的名字，因為她覺得按照我的個性，一定會將東西搞丟。鉛筆與水壺貼上姓名貼紙，但是橡皮擦太小，所以無法寫名字，讓她很煩惱；運動鞋也找不到地方可以寫，她著急的問爸爸怎麼辦？最後媽媽想了想，說：「乾

脆在鞋子上繡一個暗號。」不過爸爸提醒她，在學校脫掉鞋子的機會並不多，不需要。

爸爸告訴我許多奇怪的規定，比如：上課時不可以想打呵欠就大聲打呵欠，也不可以隨便站起來走動。我真的有些緊張，不過，一想到新生報到時，看到遊戲場有許多秋千和一座長長的溜滑梯，我心裡還是很高興。

明天會發生什麼事呢？

3 大猜謎

開學的第一天，我們教室裡坐滿了小朋友，教室外站滿了小朋友的家人。

老師忙壞了，她大概每隔五分鐘就要喊一句：

「看老師這裡。」

其實不是我們不想看老師，而是我們很擔心站在外面的爸爸媽媽，他們看起來都有點不對勁。

比如那位戴眼鏡的媽媽吧，她老是伸出手，朝著第四排比一個很奇怪的手勢，也不知道是比給誰看？

那位背著小娃娃的，一直拍著娃娃的屁股說：

「不要哭，不要吵哥哥上課。」可是她的聲音比娃娃的哭聲還大。

還有一位媽媽，頭髮燙得很捲，對著我前面那個男生，一下子嘟起嘴，一下子點點頭，一下子又眨眨眼。

我的媽媽也讓我很不放心，她老是盯著我看，皺著眉頭做一個很奇怪的表情。我只好不時轉過頭去，看看她是不是還平平安安的站在那裡，希望她不會有什

麼問題才好。

我覺得開學第一節課，應該叫做「窗裡窗外大猜謎」。

4 先舉手

我讀一年級了！

全家最興奮的人是我爸爸，他在開學第一天晚上教我好多事情。

「兒子啊，在學校，如果想上廁所，第一個動作要做什麼？」

很簡單，脫褲子嘛。

「錯！要先舉手報告老師。」

接著，爸爸問：「如果覺得隔壁的小朋友說話太吵，怎麼辦？」

簡單，叫他閉嘴。

「錯！要先舉手報告老師。」

爸爸又問：「那麼如果肚子痛，又該怎麼辦？」

我說我大概會開始哭。

「錯！也是要先舉手，報告老師說你肚子痛。」

爸爸很不放心，又繼續問：「如果上課時，看到校長從外面走過去，要怎麼樣？」

聰明的我趕快回答：「先舉手，報告老師說校長來了。」

「錯！上課不專心，看窗外做什麼？要好好的聽老師講課。」

5 認識不同的人

學校裡有許多大人，我常常搞不清楚應該要叫他們什麼。

比如：有一天，老師發現有一支掃把壞了，就叫我和張志明拿到

總務處去換。我們走進去以後，張志明對著其中一個人說：「老闆，這支掃把壞了。」那個人笑著說：「我是李組長，不是老闆。」

又有一次，我到教務處去問一個人：「阿姨，明天要不要上全天課？」那個人也笑著說：「我是林主任，不是阿姨。」

剛開學前幾天，我常常看到一個老先生，在操場

上撿紙屑，媽媽說撿紙屑的可能是工友先生。於是第二天，當我看見他，便對他說：「工友爺爺早安。」那位老爺爺卻摸摸我的頭，說：「你也早，我不是工友爺爺，以後叫我校長就好。」

唉，老師應該早一點教我們認識這些人，免得我老是叫錯。

6 終於當了「長」

記得第一天放學回家，媽媽就問我：「在學校乖不乖？」然後又問，「老師選誰當班長？」

什麼是班長？

媽媽說班長就是

老師的祕書，要最聰明、最懂事的小孩才能當班長。

接著媽媽開始訓練我，教我當班長要喊的口令。

「起立，敬禮，坐下。」

「向前看齊，向前看。」

媽媽說我喊得很好，並且告訴我，如果老師問誰想要當班長，我一定要趕快舉手。可是老師

後來根本沒有問，直接叫王婷當班長。

媽媽很失望，她說她小時候，當了三年的班長。

今天放學回家，我向媽媽報告一件好消息：「老師叫我當組長呢，組長也是長，對不對？」

媽媽很開心，問我：「這個組長是做什麼的？」

「就是一下課，趕快拿著垃圾桶到走廊撿紙屑。」

媽媽皺了一下眉頭，不過馬上又笑著說：「這個『長』也很重要，等於是環保局局長了。」

7 男生女生配

也不知道是誰發明的，上課時規定要兩個人坐在一起。

第一次分配座位時，老師把我和一個戴眼鏡女生的手拉起來，叫我們坐在一起。

我很急，心想老師一定是弄錯了。雖然那個戴眼鏡的女生頭髮剪得很短，又是個大嗓門，看起來像個男生，可是她擦著指甲油哩，一定是女生。

於是我提醒老師：「她是女生。」老師卻笑著說：「我知道，有什麼不對嗎？」我往後一瞧，原來全班都是這樣，男女生坐在一起。

「我是李靜，我不想跟臭男生講話。」戴眼鏡的女生居然在下課時，先對我發出警告。

李靜其實一點都不靜，她上課時老愛自言自語，高興時還會哼一兩句歌。所以，老師常常對她說：

「李靜，安靜。」

我很少跟她講話，可是她卻常常管我：「喂，張君偉，你的抽屜也太亂。」不然就是，「張君偉，不要偷看我的習作。」

有沒有搞錯啊？她的作業不是「乙」，就是「乙下」，我可是常常得「甲上」呢。

有一次，我感冒了，頭昏沉沉的，下課時也不想

出去玩，只能趴在桌上，心裡好難過。李靜從水壺裡倒出一杯黑漆漆的東西，好心的說：「這是我自己泡的酸梅茶，請你喝。」

我搖搖頭，心裡想：

「那麼噁心的東西，喝了說不定會中毒。」不過我還是覺得很開心，原來她也有好心腸的時候啊。

女生真是奇怪，一下子罵你，一下子又對你好；我媽媽就是這樣。

8 上廁所

第三節課時，我忽然覺得肚子有點怪怪的，所以舉手告訴老師，我要上廁所。

當我打開廁所的門時，真是嚇了一跳！

學校的馬桶為什麼不和家裡的或幼兒園的一樣，可以坐下來呢？每次在外面遇到這種要蹲著的馬桶，我就很頭痛。

第一，該朝哪個方向蹲？第二，腳要放在多遠的地方才對？我知道臉應該是朝著突出的圓蓋子，因為這樣才可以緊緊抓住圓蓋子，免得掉下去。我一邊上，一邊不放心的低下頭檢查有沒有正中目標。

好不容易上完，流了一身汗，兩隻腳都發抖了。再左看右瞧，卻找不到沖水的把手。最後，我決定回教室拿水桶裝水來沖。

老師聽到我的報告後，也嚇一跳，趕快拉著我的手，走到廁所示範給我看。原來只要按下那根亮晶晶的鐵桿子就行了。

我剛才怎麼沒想到呢？原先我還以為那是滅火器呢！

下一節課，老師帶著全班到廁所，上了一節「怎樣蹲馬桶與沖水」的課。大家看了我的示範後，都大叫：「啊，原來是這樣。」老師聽了，瞪大眼睛說：「啊？原來你們都沒有這樣。」

9 下課時間

鐘聲響了以後，老師說：「好，現在下課。」大家卻一動也不動。

老師告訴大家：「下課時間，就是讓你到外面去玩、去上廁所、吃東西，愛做什麼就做什麼。」聽起來真不賴。

問題是，我對學校還不熟，根本不知道哪裡有好玩的地方。全班的小朋友也都乖乖坐著，大概跟我一樣，不知道該做什麼。

坐我後面的蕭名揚忽然想起了什麼似的，從書包裡拿出一包洋芋片來吃。隔壁的李靜則又拿起水壺，

她每節下課都會倒一杯酸梅茶來喝。其他的同學則坐著發呆。

我想，我明天也得帶包餅乾來吃，否則下課時間那麼長，怎麼打發啊？

後來，終於有人發現，遊戲場上的秋千、溜滑梯是可以讓我們玩的，而且必須一下課就跑去搶。不然，也可以在操場或遊戲場玩「一二三木頭人」。現在，我們都認為下課時間太短了。

上課了，張志明舉手說要上廁所，老師不高興的問：「剛才下課怎麼不去？」

下課時間那麼寶貴，用來上廁所多可惜呀。

削鉛筆、吃點心、排隊盪秋千、和同學玩跳繩、到合作社買飲料（注），下課要做的事太多了。

我想，校長是不是把上下課的時間排顛倒了？

注：從前小學設有「員生消費合作社」，販賣簡單文具與點心飲料，目前多數學校已無設置。

10 打預防針

第二節上課的時候，老師走進教室，用一種很慈祥的聲音，微笑著問大家：「各位小朋友，被蚊子叮到痛不痛啊？」

大家都回答：「不痛。」

「好，小朋友都很勇敢。現在老師要帶你們去打預防針（注），打下去就像被蚊子叮到一樣，一點也不痛喔，不必害怕。」

聽到這句話，有三個女生馬上大哭起來。

林世哲坐在椅子上不肯走，老師答應他：「你可以最後一個打。」他才站起來。全班好不容易排好隊，走到健康中心，一看到穿著白色制服的護理師小姐，又有兩個女生哭了。

我是班上的一號，雖然心裡也有

點怕，但是為了表現男生的勇氣，我還是很勇敢的自動脫下褲子，轉過去，把屁股高高的翹著。

女生們都尖叫起來。

老師趕快跑過來，幫我把褲子拉上，笑著對我說：「打在手臂上，不是屁股。」

注：從前小學生的預防針，會在學校統一施打。現在多由家長在開學前帶至醫院或診所施打。

11 唱國歌

每天朝會唱國歌的時候，導護老師都一直要我們：「唱大聲一點，再有精神一點。」所以我們都拉開喉嚨，拚命的唱。結果我發現，

很多人都唱錯了。

下課的時候，我告訴張志明：「你的國歌都唱錯了啦。」

張志明瞪我一眼回答：「你才唱錯呢，我每天都聽到你亂唱。」蕭名揚也大聲說：「我看你們兩個都錯啦，你們唱的跟我不一樣。」

到底是誰錯呢？我們在幼兒園時，就已經會唱國歌了，但是歌詞在說些什麼，我一直沒搞懂。

我不懂為什麼國歌要說：「山林注意，勿打走走……」，張志明則唱成：「三命朱姨，朱大送

終……」。（注1）

尤其是中間那一段，又幹麼說：「豬耳朵是，為你全瘋」？（注2）

老師也沒教我們怎麼唱，只是升旗時，要我們在心裡想著：「我愛自己的國家」，立正

大聲唱。

今天天氣很好，導護老師叫我們一年級也到操場去參加升旗典禮。我們排在第一排，校長就站在我們旁邊，全班都好興奮啊。

導護老師說：「等一下唱國歌時，要有精神，要大聲唱。」

於是全班都拉開喉嚨，大聲的唱：「山林注意」、「豬耳朵是，為你全瘋」。

不知道為什麼，校長好像在笑。老師則低聲對我們說：「小聲一點，小聲一點。」

國歌怎麼能小聲唱呢？

注1：這句國歌歌詞原為「三民主義，吾黨所宗。」

注2：這句國歌歌詞原為「咨爾多士，為民前鋒。」

12 學注音符號

自從媽媽去學校參加「新生家長座談會」以後，就做了許多注音符號的卡片，用磁鐵貼在冰箱上。她說：「冰箱裡有你愛吃的東西，只要你認得上面的字，就可以打開來吃。」

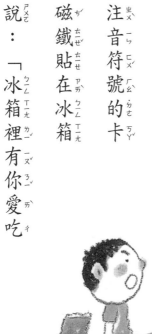

爸爸說媽媽真聰明，不過這一招聽起來像是在訓練動物。

媽媽不高興的說：「注音符號很重要呢，這個方法是學校的主任教我們的。再說，人本來就是動物。雖然幼兒園有教過，但小學教的才是最正確的，得重新學。」

我覺得這個遊戲很有趣，記得一個字，就可以打開冰箱吃一塊蛋糕。但是，有一天媽媽卻又大叫：

「不行不行，你變胖了，這個遊戲必須結束，不能再吃了。」

今天，老師考我們注音符號聽寫，結果我只得二十分，媽媽看了差點昏倒。我向爸爸解釋，不是我不會寫，而是聽錯了。老師唸「壁虎」，我聽成「屁股」，「小心輕放」聽成「腳先吃飯」。

媽媽說：「你的耳朵應該沒問題呀，一定是沒學好，我再幫你複習。」

結果媽媽老是唸錯，她把「ㄅㄜ、ㄆㄜ、ㄇㄜ、

ㄈㄛ」唸成「ㄅㄛ、ㄆㄛ、ㄇㄛ、ㄈㄛ」，媽媽唸一個，我就糾正她一個，到最後，反而變成是我教媽媽注音符號。

媽媽對爸爸說：「奇怪，怎麼跟我們以前學的都不一樣？」爸爸則說：「學校應該安排每個家長，也跟著孩子上一次課才對。」

13 資源回收

每個星期四，是學校資源回收的日子。學務主任告訴我們，把家裡不要的紙張、鋁罐、鐵罐，統統帶到學校來，可以賣錢，又可以減少資源的浪費。

老師則說，只要我們少浪費一些紙，就可以少砍一棵樹，就有多一些氧氣可以呼吸。如果大家太浪費，不久，我們就沒有新鮮空氣可以吸了，說不定將來還得去買易開罐的氧氣來吸。

老師說完，我們就趕快用力的深呼吸。蕭名揚說：「可惜氧氣不能先吸進來，存在肚子裡，以後再吐出來慢慢用。」

這個星期開始，學務主任又說，為了鼓勵大家做好資源回收，學期末還要比賽，賣得最多的前三個班級，要頒發獎狀。

這下子，我們開始大動腦筋了。張志明告訴大家，從今天起最好一邊走路，一邊檢查路旁垃圾桶有沒有空瓶可以收集。李靜則說，她要打電話給二阿姨、三阿姨、四阿姨，

請她們把家裡的舊報紙統統送給她。

我想了半天，忽然想到一個妙點子：「我們應該從今天起，多喝汽水，這樣就有好多空罐子可以拿去賣了。」

大家都說：「好棒！趕快回家告訴媽媽，以後不用帶開水了，買汽水就好。」

不是我們愛喝汽水喔，是為了資源回收嘛。

14 三人一組

實在太恐怖了！昨天，有一個五年級的大姐姐，被壞人帶到活動中心，幸虧有六年級的大哥哥正要進去掃地，把壞人嚇跑了。

老師告訴我們：「從現在開始，不管你們要到哪裡，上廁所、到花園，都要三個人一組，這樣才安全。」

我和張志明、蕭名揚分在同一組。蕭名揚說：「以後我們三個人要形影不離，這是一句成語，意思是做什麼都要在一起。」

真倒楣，平常我就最怕他碰我的鍬形蟲，因為那都是我好不容易抓來的，每次他一玩，鍬形蟲就被嚇死了。

三人一組好辛苦喔，明明急著要上廁所，偏偏另一個人還動作慢吞吞的說：「等我把鉛筆削好。」想到花園玩，又得先陪另一個人去交作業。三人一組真不自由。

不過，現在我又發現多了一項好處。那就是只要上課中，張志明說他肚子痛，想上廁所，我和蕭名揚就可以陪他去，順便玩玩水。

蕭名揚常常問張志明：「你今天會不會肚子痛？」

張志明聽了，就瞪他：「你才肚子痛呢。」

今天上課的時候，有一組三個人一直沒回來，老師叫王婷去找，王婷那一組三個人就一起去了。過了好久，還是沒回來，老師再叫我去找，可是她想了想，又說：「不行，這下子，就要有九個人離開教室，還是我自己去找吧。」

真可惜啊。

三人一組挺不錯的。張志明說，如果考試時也能三個人寫一張考卷，那就更好了。

15 大姐姐教論語

每天早上，老師還沒來時，會有兩個六年級的大姐姐來陪我們。

我們班的大姐姐中，有一個姓張，聲音很溫柔，我們都很喜歡她。

張姐姐說她要教我們背《論語》，我們其實搞不清楚什麼是論語，不過唸起來倒是很有趣。

「隻隻喂隻隻，不隻喂不隻，四隻也。」（注1）

「有盆子遠方來，不易熱乎。」（注2）

張姐姐告訴我們：「要好好背，將來才能做社會上有用的人。」

我們都很聽話，下課時也在背。老師聽到了，第二天便叫張姐姐以後不要教了，她說張姐

姐教錯了。

張姐姐是一番好意嘛，教錯了有什麼關係，反正她不是教我們做壞事，而且唸起來又怪好玩的。

現在，我們還是喜歡在下課時大聲背：「鞋兒時洗之，不易夜呼。」（注3）唸的時候，頭還要左右晃來晃去喔。

注1：這一句原文是「知之為知之，不知為不知，是知也。」

注2：這一句原文是「有朋自遠方來，不亦樂乎。」

注3：這一句原文是「學而時習之，不亦悅乎。」

16 不要把錢給校長

昨天，老師把一張要交錢的單子發給我們，然後用很嚴肅很嚴肅的表情對我們說：「明天把錢帶來交，要記住，只能把錢交給我，其他的人都不能給。」

今天一早來上學，全班安靜

得很，每個人都把錢用信封包好，緊緊的握住。每當有我們不認識的大人走過去，我們就緊張的盯著他看，懷疑他是不是壞人，要走進來騙我們的錢。

不一會兒，蕭名揚的媽媽走進來了，她有時會來講故事給全班聽。不過，今天我要把錢緊緊握著，所以沒心情聽故事。

又過一會兒，校長竟然也走進我們教室，我們都瞪大眼睛。王婷忽然大叫一聲：「不要把錢給校長。」

校長嚇了一跳，問王婷：「發生什麼事了？」

王婷回答：「我們老師說，只能把錢交給她，其他人都不可以給。」

我們都很擔心，不知道該怎麼辦才好，害怕的看著校長。

蕭媽媽笑著說：「校長沒有要搶大家的錢啦，他

只是來找我討論事情。」

好險！

校長也笑著對王婷說：「這位小朋友好聰明。對，錢只能交給老師，連校長都不可以給。」

原來交錢這一天，老師比校長還偉大。

17 髒話

有一次，我問媽媽，什麼是髒話？

媽媽說：「只要是罵人的話，而且聽起來讓人不舒服，都算是髒話。」

這樣說來，我們班的髒話大王應該是張志明。他的髒話可多著呢。

他常常罵李靜：「大嘴巴。」

他說林世哲是：「告狀大王兼跟屁蟲。」

他老是講：「我的老天爺，你怎麼會這麼瞎！」

他說「瞎」是一句流行話，是一位天王巨星發明的。

我問他那是什麼意思？

他很神氣的說：「連這個都不懂，你很瞎。」

於是，我好心的對張志明說：「你不要再講髒話了，不然，嘴巴會發炎。」這是媽媽警告我的。

張志明不服氣的說：「我哪有說髒話？雞婆鬼。」我氣得馬上報告老師。

老師向我解釋：「不是所有罵人的話，都是髒話。大部分的髒話，是很不禮貌，讓對方聽了下不了臺，而且多半是三個字的。」然後轉頭對張志明說：「不可以再罵同學，大家要相親相愛。」

回家後，我把這件事告訴爸爸，爸爸說：「好學生當然不可以說髒話，尤其是三個字的，沒有修養的人才會說。」

媽媽說：「今天老楊打電話來，請你明天替他值一下班。」

爸爸突然皺了一下眉頭，說：「又找我，難道我不用休息呀？」然後不高興的罵了句：「去他的。」

18 處罰單

老師還沒來的時候，全班吵成一團，王婷在黑板前一直喊：「不要講話，不要講話；講話的人，我要記名字。」

可是大家都不聽。張志明還說：「班長，不要記啦，不要害我們啦。」

老師回來後，看到黑板上記了一大堆名字，生氣極了。她說：「真是太不像話了，老師要處罰你們。」

她叫不乖的小朋友站起來，一共有六個人。張志明被打最多「╳」，他小聲的說：「班長都亂記，我只有動一下下啊。」

老師瞪他一眼，更生氣了：「還敢說話？等一下重重罰你。」

老師對他們說：「現在我發給你們每人一張紙，你覺得自己應該接受什麼處罰，就寫下來，這個叫做處罰單。」

那六個人立刻跑上臺領紙，然後坐下來寫。李靜還用手指點著頭，裝模作樣的想半天。我們都很感興趣的看著他們，猜他們會寫什麼。

老師把所有的處罰單收回去以後，對全班說：「不聽話的小孩是應該接受處罰的。現在我們來看看，他們認為自己該怎麼罰？」

第一張是李靜的，她寫的是「罰我今天中午不吃飯」。她曾經告訴我：「吃飯簡直要我的命。」因為她吃的速度太慢了，所以她罰自己不吃飯，這算是處罰嗎？

第二和第三張都是「罰今天不下課」。

第四張是「罰寫新詞兩遍」。是林世哲的，他八成有寫字狂。

第五張是蕭名揚的，上面竟然寫著：「罰抄課文一遍」。簡直瘋了，可是老師卻稱讚他：「懂得改過，好孩子。」

最後一張是張志明的，老師唸出來：「罰我十天不要上學。」全班聽了都一起大笑出聲。

這算是什麼處罰？

19 當值日生

老師說從今天起，每天要有一個人當值日生，從一號開始輪流。

值日生要做的事情可多呢。擦黑板、打板擦、幫老師倒開水，都是很好玩的事情，最重要的，還要記得幫老師提一桶水，放在黑板旁，這是她寫完粉筆字後洗手用的。

因為下課時有很多人洗手，所以值日生可以在上課鈴響了以後才出去提水。上課了，我開心的提著水桶，走到水龍頭下，先把水桶裡裡外外沖個乾淨，比洗澡還仔細，再裝滿水，然後提回教室。

不久，老師忽然發現教室門口有一灘水：「怎麼溼答答的？值日生，趕快拿拖把來拖乾淨。」老師吩咐我。

我一邊拖，一邊看著教室裡的同學，他們都用羨慕的眼光偷偷瞄著我。

拖好後，老師發現黑板旁也有一灘水。而且她又發現：「咦，值日生忘了提水嗎？水桶裡面只有一點點水。」

於是我又拿著拖把，慢慢將黑板下的水拖乾，再提著水桶，走到水龍頭下，把水桶裡裡外外沖乾淨。

我的運氣真的很好，我沒向老師報告，這個水桶底部有破洞，會漏水。

20 撿到十塊錢

下課時，我和張志明在花園裡撿到十塊錢。

張志明說：「怎麼辦，十塊錢能買什麼？」

我說應該趕快交到學務處去，做個誠實的好學生。

張志明說：「拜託，十塊錢而已呀。」

「十塊錢也是錢，你以為賺錢很容易呀？」我大聲說。

張志明吐吐舌頭：「怎麼跟我媽媽講的一樣？」因為我媽媽也是這樣說的。

張志明又說：「學務處是關壞學生的地方，我不敢走進去。」

也對，平常升旗時，常有老師在司令臺上警告我們：「如果不守規矩，就請你到學務處來罰站。」

不過，最後我們還是勇敢的拿到學務處去交。學務處的老師還摸著我們的頭說：「好乖。」

原來好學生也可以到學務處去。

21 帶便當

老師告訴我們，明天讀全天，要帶便當，大家聽了，都興奮得大叫起來。

李靜很驕傲的大聲宣布：「我要帶一隻大雞腿。」

所有的小朋友都跟著說：「我也要。」蕭名揚卻更大聲的宣布：「我要帶泡麵。」結果所有的人又跟著改變主意，大喊：「我也要。」

老師搖搖頭說：「泡麵沒有營養。」

第二天下課時，大家都忙著炫耀自己的便當，把它說得好像是世界上最可口的食物。結果越講肚子越餓，到第三節下課時，蕭名揚終於忍不住把他的泡麵打開，抓了一小塊乾麵先吃了起來，大家都用嫉妒的眼光看著他。

上午最後一節課的下課鐘響了，當大姐姐幫我們把蒸好的便當抬到講臺上，大家聞到那香噴噴的味道時，簡直樂瘋了。每個人都急急忙忙的上前去找自己的便當，然後用抹布包著，像捧著珍貴的珠寶盒般走回來。

林世哲大概太緊張了，不小心絆了一跤，飯菜撒了一地。他傷心的大哭起來，我們都很同情的看著他。

結果老師要我們每個人分一口飯、一口菜給他，所以後來全班吃得最飽的人是他。

帶便當真是太好玩了，而且還

會有人打翻便當，正好可以把媽媽說很有營養、我卻不敢吃的青椒給他。

22 打掃時間

老師說我們長大了，從今天起，教室的整潔工作，應該由我們自己來做。

老師分配好工作後，大家都興奮的期待打掃時間趕快來臨。

終於聽到可愛的音樂聲了。蕭名揚的運氣最好，他分到提水的工作。只見他興高采烈的提了兩桶水進來，女生把拖把一放進去，水桶裡的「礦泉水」馬上變成「可樂」，他趕快再提去換。一次打掃，大概要換上四次吧，袖子溼了一大片，玩水玩得真痛快。

我和張志明負責倒垃圾，必須等到女生全部掃好後，才可以拿去倒。

老師大概花了一百分鐘，才教會女生怎麼

拿掃把，所以等到全班都打掃好，已經上課了。老師只好說：「垃圾明天再去倒。」

真倒楣，第一次的打掃工作，大家都玩得那麼開心，只有我拿著垃圾桶，呆呆的站著，什麼都沒做。

雖然掃完地，可是教室還是很髒，老師則是滿身大汗。剛才，她一下子教女生拿掃把，一下子罵王凱：「長竹竿不是拿來打架的。」一下子把林世哲從窗

臺上拉下來，叫蕭名揚把鞋子穿起來，然後又幫李靜把掉到水溝裡的鐵夾子撿起來，老師真是忙碌啊！

放學前，老師忽然宣布：「明天還是請大姐姐回來，再幫我們掃一星期吧。」然後叫我們抄聯絡簿：「請家長在家指導小朋友幫忙做家事。」

老師看起來好累呀。

93　打掃時間

23 上才藝班

放學後，校門口有個阿姨在送東西，大家都搶著拿，原來是一塊墊板和一張印滿了字的紙。

我拿回家給媽媽看，媽媽說：「這是才藝班的招生廣告。」然後往桌上一扔，就去煮飯了。

吃過午飯後，媽媽打開電視，當看到螢幕上播放著「音樂班招生中」的畫面時，她忽然想起什麼似的，把桌上的廣告單拿起來看，一邊看一邊點頭。

晚上，爸爸一進門，媽媽馬上告訴他：「我決定讓偉偉上音樂班了。」爸爸說：「好，好，只要先給我飯吃，什麼都好。」

在飯桌上，他們兩個為了到底要給我上繪畫班、作文班、英文班，還是心算班、音樂班，討論了很久。我都吃飽了，他們還沒談完。

媽媽說：「你看偉偉那雙手，彈起鋼琴來，一定很流暢。而且他從小音感就很好，一聽到音樂，就會和著節奏打拍子呢。」

爸爸卻說：「學作文比較實在，當初我就是文筆太爛，寫的情書全被你退回來，差點娶不到你。」

媽媽捶了爸爸一下，笑著說：「還是學音樂好，有氣質。而且大姊家有鋼琴，可以借來練習。」

現在，我已經上了一個多月的音樂課了，音樂班

規定媽媽每次都得陪著我上課，回家後還要幫忙複習，媽媽老是聽著聽著就打呵欠。有一次，我在姨媽家「叮叮咚咚」練習彈琴時，媽媽忽然說：「休息一下，我們先來聽聽蕭邦的音樂吧。」

我點點頭，乖乖闔上琴蓋，和媽媽一起坐在沙發上，舒服的欣賞〈即興曲〉。

媽媽說：「我覺得聽音樂就已經很有氣質了。你

想繼續學鋼琴嗎？」

我不想，因為我覺得聽音樂比彈奏音樂容易。

媽媽答應結束我的鋼琴課。不過，她又說：「昨天我看到你畫的《我的媽媽》，把我畫得好醜，活像個女鬼，下一期我們改上繪畫班。」

24 上生活課

如果明天的課表上有生活課（注），晚上整理書包時，媽媽一定會很緊張的問我：「老師說要帶什麼東西？」

上一次，老師說要帶各式各樣的石頭，結果媽媽和我散步好久，只撿到一些顏色相同的石頭。我想要找些其他花色的，於是我們就到水族館花了三十元，買了一大袋有黑有白的小石子，媽媽真好。

還有一次，要帶四個空瓶，媽媽找遍廚房，就是沒有，只好強迫全家每個人喝一瓶汽水。爸爸最幸運了，他喝兩瓶。

收集各種葉子的那次比較容易，我和媽媽趁著天

黑，到公園偷偷摘了一些。媽媽說：「反正不摘，它還是會掉。」可是，我們仍然覺得很不好意思，快快摘完，趕緊回家。

這一次要帶的是各種動物圖片，太容易了。我和媽媽到書房去找。媽媽指著一疊雜誌說：「找到就剪，反正這些都是過期的。」我剪了好多，明天上課，老師一定會稱讚我。

晚上，爸爸進書房後不久，突然衝出來大叫：「誰把我的百科全書剪成這樣？」媽媽小聲對我說：「不是叫你只剪雜誌的嗎？」冤枉啊，我哪知道什麼叫雜誌，什麼不叫雜誌！

有生活課真好，我可以和媽媽做一些很有趣又好玩的事。

注：以前小學一、二年級有自然、社會課，現在合併為「生活課」。

25 學校日

老師告訴我們：「這星期五晚上是學校日，要邀請你們的爸媽到學校來，讓我們親師交流。請記得將通知單交給爸媽。」

媽媽看到通知單後，很開心的問爸爸：「戴珍珠項鍊會不會有點誇張？」

爸爸也在煩惱：「我要穿什麼？不知道別的爸爸

會不會穿西裝去？」

其實我希望爸媽不要參加學校日。因為張志明說，只要老師與爸爸、媽媽見面，就會把我們在學校所有「犯罪」的紀錄告訴爸媽，而爸媽也會向老師報告，我們在家做了什麼壞事。聽起來，學校日像是專門用來陷害小孩子的。

媽媽很高興的等著學校日，甚至還買了一件新洋裝，說是：「我不能讓偉偉丟臉。」

我很想告訴媽媽：「別去了。」去了她就會知道，我在學校寫作業總是慢吞吞的，上課時也常常往窗外看；老師也會知道，原來我在家要媽媽罵三次才去洗澡，動不動就挖鼻孔，有一次還尿床。

學校為什麼要發明「學校日」呢？

星期五晚上，我和奶奶在家看電視，爸爸媽媽興奮的出發到學校。奶奶竟然還提醒爸爸：「一定要問老師，偉偉在學校乖不乖？」

我很緊張的在家等著。我想，老師一定會將我把「健康中心」說成「醫院」那個笑話告訴爸媽吧。還有一次我上完廁所忘了拉上褲子的拉鍊，讓全班笑半天。不知道還會告些什麼狀？我急得不得了。

爸媽終於回到家了，媽媽一進門就抱著我說：「原來你在學校是這樣啊。」完了，完了！我就知道。現在媽媽要處罰我了，可能會罰我一

星期不許看卡通。

沒想到，媽媽親了親我，說：「老師說你在學校好乖，也會幫老師倒茶、擦黑板，是個負責任的好幫手呢。」

老師萬歲！發明學校日的人萬歲！

原來學校日並不是告狀時間嘛。

26 卡錢

學校樓梯間有一部自動販賣機，每到下課時間，就擠滿小朋友在買飲料。（注）

有幾次，小朋友把錢投進去以後，等了老半天，往洞裡面摸了許久，就是不見飲料掉出來，於是他們就會踢販賣機一腳，然後大叫：「卡錢，卡錢。」

老師告訴我們，如果錢被卡住了，可以到合作社向張阿姨登記，把錢要回來。我想，這部販賣機大概很老了，吃了錢就卡在喉嚨裡吞不下去。

今天，第二節下課後，張志明拉著我往販賣機跑，說要請我喝汽水。只見他從口袋掏出錢，很快的往洞口一丟，卻沒有什麼動靜。他用力打一下

機器，燈還是沒亮，我說：「糟了，錢被卡住了。」

他卻開心的說：「沒關係，我們到合作社去要回來。」

張阿姨拿出一本登記簿，要我們寫上班級、姓名。張志明不知道怎麼搞的，好像忘了名字怎麼寫似的，拿起筆來直發抖，好不容易歪歪斜斜寫好。張阿姨看了一下，就拿出二十塊錢給我們，張志明接過錢回頭就跑。

這一次，輕輕一投，就很順利的掉出一瓶汽水。張志明把那瓶汽水遞給我，慢吞吞的說：「給你，我不想喝了。」

不過，我也不想喝，所以還是還給他。真奇怪，忙了半天，買到汽水卻不想喝。

一直到放學，張志明還是沒有打開那瓶汽水來喝。

回家的路上，我問他：「你怎麼了？」

他搖搖頭，小聲說：「我騙了張阿姨，我丟下去的是一塊錢，根本沒被卡住。」

唉，原來騙人並不好過。

我們後來把那瓶汽水偷偷放在老師桌上。老師問了好幾次，都沒人回答是誰放的。有一次講完故事，就把它打開來喝了。

注：有些學校為了方便小學生購買礦泉水，會在學校放置自動販賣機。

27 考試

當媽媽看到聯絡簿上寫的「明天小考一、二課」時，像踩到蟑螂般尖叫起來：「不得了，明天要考試了！今天晚上得複習。」

她逼我用最快的速度吞下晚餐，洗好澡，然後端張椅子坐在我書桌旁邊，開始考我。

我問媽媽：「為什麼要發明考試？」

「不考試，怎麼能知道你學會了沒有？來，我唸一個，你就寫一個。」

就這樣，媽媽考我寫生字，又背課文，直到我猛打呵欠，媽媽才讓我上床。

我覺得考試是件不怎麼好玩的事。

可是隔天，當老師發下一張紙，說：「現在開始考試」時，卻發生許多有趣的事。

王婷很大聲的把題目唸出來：「媽媽早起看書報，錯。我起得早，太陽也起得早，對。」她每唸一題，我們就跟著寫一題。

老師摸摸王婷的頭，說：「考試時不可以發出聲音喔。」

林世哲每隔一分鐘，就拿著考卷跑到前面問：「老師，這一題怎麼寫？」

老師也摸摸他的頭說：「考試必須自己想。」

張志明一直玩筆，老師走過去，看了看他桌上的紙，對他說：「考卷上不要畫烏龜。」

後來，當大家都寫好了，老師就把考卷收回去。她翻了翻，忽然叫一聲：「啊！你們都沒寫名字。怎麼辦？」她想了想又說：「只好明天再考一次了。」

哎呀，名字有什麼好考的？我們每個人都會寫自己的名字了啊。

28 校外教學

今天是我們校外教學的日子，

我們都興奮得不得了。

一早到學校，大家就開始炫耀帶了什麼好吃的東西。蕭名揚已經打開洋芋片在吃了，他說

反正他帶了三包。

老師叫我們先去上廁所，然後到操場排隊。等了好久，終於坐上遊覽車。林世哲說他看過這種車子，平常都是載外國來的大官。大家都相信了，因為車子外面寫了好多英文字，我們能坐這種車子，覺得好氣派。

可惜才吃了兩片口香糖，老師就說：「到了，趕快下車。」

哇！這裡有好多漂亮的花，老師說：「只能看，不要摸，請愛護美麗的花。」我們排了隊，跟著老師走，每看到一樣新奇的東西，老師都說：「只能看，不要摸。」還好，最後終於到了一塊好大的草地，老師說就在這裡休息，可以自由活動或吃東西。

我們和平常一樣，玩起「一二三木頭人」。玩累了，就吃東西；吃完了，再繼續玩，過癮極了。

最後，老師吹哨子叫大家集合，我們就坐上遊覽車回學校了。

回家以後，媽媽問我：「校外教學好不好玩？」

豈只好玩，簡直太完美了！校外教學就是上了一整天的「下課」。

29 午睡時間

上全天課那天，最傷腦筋的事情是，吃過飯以後，一定要趴下來睡覺。

打鐘以後，老師說：

「現在統統趴在桌上，睡不著沒關係，閉上眼睛休息。睡午覺

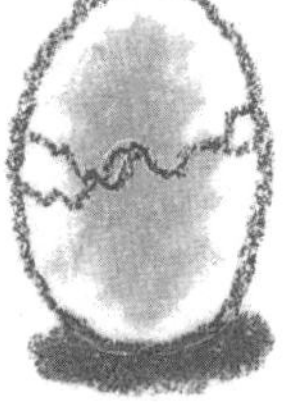

對身體很好，等於吃一個雞蛋呢。」

睡午覺跟雞蛋居然還有這麼大的關係，真是神奇。可是我剛剛已經吃過一個雞蛋了啊。

大家都很乖的瞇上眼睛，老師也趴在桌上睡覺。李靜和我面對面趴著，我們實在睡不著，所以就在桌子底下偷偷玩「超人拳」。

王婷的視力太好了，馬上就發現我們在玩。她立刻把我們兩個人的座號記在黑板上。真是的，我們又沒有出聲音吵別人。下次應該選近視眼的人當班長。

我翻過來又轉過去，就是沒辦法睡著，只好一直看著窗外，正巧看到校長走過去，我嚇得趕快把眼睛閉上。

忽然，遠遠的傳來一陣「喔嗚、喔嗚」的聲音，大家都立刻坐起來，開心的說：「有火災。」、「是消防車。」

老師被我們吵醒，不高興的說：「人家失火，你們在興奮什麼？快點繼續睡。」原來大家都跟我

一樣沒睡著。

時間過得真慢，我一直盯著窗外看，心裡從一數到一百，再從一百數到一，也不知過了多久，才迷迷糊糊的睡著。

突然聽到老師喊：「上課啦，還睡！」我起來揉揉眼睛，看到桌上流了一大灘口水，趕快用袖子擦掉。

哇，全班幾乎有一半的人還趴在桌上，叫不起來哩。

老師嘆口氣說：「剛才催半天不睡，現在要上課了才睡，真拿你們沒辦法。」

30 代課老師

升完旗後，過了好久，老師還是沒有進教室。大家吵成一團，王婷站上講臺，在黑板上記下一個個不守規矩的人，張志明已經被打了十個「╳」了。

王婷大聲的說：「老師回來，一定很生氣。」

過了一會兒，林主任走進來說：「小朋友，你們老師生病了，大家乖乖坐好，等一下會有代課老師來上課。」林主任走出去後，大家又紛紛猜測老師生了什麼病。

王婷繼續生氣的喊：「安靜，不要講話，不然老師會被你們氣死。」

大家一聽，覺得很害怕，就都不敢再講話了。

不久，有個很帥的男老師走進來，對我們說：「我是陳老師，你

們這節是什麼課啊？」

大家都很興奮的大叫：「音樂課。」

陳老師拍了一下額頭說：「很好，平常音樂課都做些什麼？」

王婷站起來報告：「老師會彈風琴，教我們唱母

雞帶小雞。」

陳老師說：「這樣好了，我們來玩遊戲怎麼樣？」

大家都樂歪了，大喊：「好！」

我們玩了「蘿蔔蹲」、「開火車」，又玩「老師說」；大家都很開心，又叫又跳。可是陳老師卻越來越沒有笑容，他一邊看手錶，一邊說：

「不要跳啊，不要叫那麼大聲啊。」

下課了，我們拉著陳老師的手說：「老師，您以後常常來代課好不好？我們好喜歡您呀！」

陳老師好像忽然感冒了，沙啞著聲音說：「我以後應該沒有空。」

31 打小報告

不管上課或下課，林世哲每天都要做的一件事，就是向老師打小報告。

林世哲大概是千里眼投胎的，只要老師說：「打開課本第七頁。」下一句

一定是林世哲的：「報告老師，李靜沒有打開。」李靜的座位離他足足有三排遠，他視力可真好。

老師如果要我們：「開始寫第十頁。」他也有辦法偵測出：「蕭名揚在寫第十一頁了。」就連老師宣布：「現在下課，到外面去玩。」他也會跑去跟老師說：「秦小梅還在寫生字，她不下課。」

老師總是摸摸他的頭說：「沒關係，謝謝你。」

我們都很討厭林世哲，張志明說他是「告狀大王」。

今天上生活課，老師教我們觀察玉米怎麼爆成米花。我們都好興奮，嘰嘰喳喳的鬧個不停。老師一會兒幫忙點火，一會兒叫大家離火遠一點，忙得滿頭大汗。林世哲偏偏又跟在老師身邊打小報告：「第一組偷吃爆米花。」、「張志明在玩火柴。」、「蕭名揚罵女生。」

老師大概是被煩透了，突然轉過頭，對林

世哲大聲說：「自己管自己，不要管別人。」

林世哲嘟著嘴回到座位，眼淚掉了下來。

我們都不知道怎麼辦才好。平時他真的很討厭，可是現在看起來又很可憐。

老師拿手帕幫林世哲擦掉眼淚，溫柔的對全班說：「如果每個人都把自己管好，林世哲就不用這麼辛苦，常常幫老師的忙，糾正大家的缺點了。」

我們都點點頭。

林世哲擤擤鼻子，突然又說：「報告老師，陳大鵬在笑。」

32 體育表演會

體育表演會那天，我們比去校外教學還高興，因為這一天，爸爸媽媽都要來，我們還要表演節目給他們看呢。

我們跳的是「棍子舞」，已經練了好久。每個人手上拿兩根竹棍子，不停的敲敲打打。我聽到我們老師對隔壁班老師說：「我快瘋了，真希望體育表演會趕快結束。」我倒希望永遠都不要結束呢。

到了那一天，當我們表演時，好多同學的爸爸、媽媽圍在旁邊拍照。我運氣好，排在最後一排第三個，媽媽在旁邊拍個不停。我聽到另一個媽媽說：「氣死人了，我兒子排在最中間，只能拍到他的背影。」

跳完舞，還有賽跑，每個人都要參加。六個人一組，從操場後面跑到前面。好多人很緊張，一聽到吹

哨子聲就摔倒。

輪到我時，我拚命的衝，結果得到第二名，領到一枝鉛筆。林世哲跟我同一組，跑完後，他居然哭著回去報告老師：「前面的小朋友都沒有等我。」

他懂不懂什麼叫「賽跑」啊？

學校熱鬧極了。校門口擠滿了賣香腸、賣熱狗的小販，連賣襪子的也來了，一直喊：「五雙一百喔，只有今天。」

我喜歡體育表演會，只有在這一天，媽媽才會主動買冰涼的飲料給我喝。

33 榮譽卡

老師發給我們每個人一張小小的卡片，上面畫了很多格子。老師說我們每做一件好事，她就會在上面記一點，每集滿十點，就可以向老師換一樣

禮物。這張卡片就叫做「榮譽卡」。

我們都很小心的把卡片收好，李靜還請她媽媽買了一個皮夾，專門用來保護榮譽卡。她每天都很寶貝的拿出來看一看，可惜看來看去，上面還是空空的，什麼也沒有。

第二節下課時，王婷拿出她的榮譽卡，突然像發現寶藏般的大叫起來：「哇！我已經集滿十點了。」老師抬起頭來，笑著說：「可以換禮物喔。」全班都羨慕的看著她。只有張志明說：「我猜禮物一定是貼紙，我家有好多恐龍貼紙。」

禮物果然是貼紙與一枝鉛筆，王婷得意的拿給大家看。張志明不笑了，他嘟著嘴對我說：「是米老鼠的貼紙呢，金色的。真希望我也趕快集滿十點。」

我也把卡片小心的收在一個信封裡，因為我怕放

在書包會被偷走。結果因為這樣，我反而常常忘了帶卡片去學校。

今天放學回家，我告訴媽媽：「請您明天一定要提醒我，帶榮譽卡去學校。」媽媽笑了笑，問我：「是不是你今天表現很好，老師要替你加點啊？」我低下頭，不好意思的說：「不是啦，午睡時我和李靜偷玩超人拳，老師說要扣我們一點。明天要帶去給老師扣。」

媽媽搖搖頭：「唉，多難為情啊。」

我本來有九點，現在只剩八點了。李靜更慘，她這下可要倒貼一點嘍。

這種集點的遊戲很好玩，我偷偷畫了一張卡片，也幫媽媽集點。比如：媽媽如果答應讓我多看一小時電視，我就幫她畫上一點。等媽媽集滿十點，我會買禮物送她。可惜，媽媽常被我扣點。噓，不要告訴媽媽。

34 觀察植物

上課鐘響了，老師叫全班到走廊集合，說要到學校的植物園「觀察植物」。

老師先警告大家：「等一下經過別班教室，要輕聲慢步。」話還沒說完，她就指著張志明問：「什麼是輕聲慢步？」因為張志明正在拉王婷的辮子。

張志明回答：「就是要像小偷一樣，不能發出一點聲音。」

大家都哈哈大笑，老師皺著眉頭說：「你走在我身邊好了。」

到了植物園，老師說明觀察的重點：「請小朋友張大眼睛仔細看，這裡的植物，有哪幾種不同的葉子？把它們的形狀畫下來。」

張志明問：「至少要畫幾種？」

老師說：「你看到幾種，就畫幾種。」

張志明還有疑問：「我今天眼睛痛，應該只能看

到一種。」

老師搖搖頭，說：「我今天眼睛不痛，誰偷懶我都看得到。」

在戶外上課真新鮮，我們都忘了要觀察葉子，一下子聽到：「這裡有一群螞蟻。」一下子又聽到：「有小蝸牛耶。」

張志明也有發現：「有腳印。」等大家圍在他旁邊，他才大笑說：「我踩的啦。」

快下課時，老師又集合全班，問：「你們這一節課觀察到幾種葉子呢？把畫的結果給我看。」

結果只有幾個人畫葉子，我畫了一隻金龜子和一隻瓢蟲。

老師失望的說：「你們根本沒有觀察到重點嘛。」

林世哲卻舉手安慰老師：「老師，我有。我觀察到張志明在搞笑、張君偉抓瓢蟲、秦小梅和李靜在玩指甲。」

35 說故事比賽

快放學時，老師走過來對我說：「回家請媽媽教你講一個跟孝順有關的故事，下個星期一，請你代表我們班去參加說故事比賽。」

我回家告訴媽媽後，媽媽快樂得像中了獎，抱著我，一直親我的臉，說：「偉偉好棒喔，代表班上參加比賽。媽媽一定幫你好好準備，我們要拿第一名。」

爸爸知道後，卻說：「幹麼那麼小題大作，不要太早給孩子壓力。」

我不知道什麼叫壓力，不過媽媽晚上泡了一杯保護喉嚨的枇杷膏給我喝，說這樣聲音會變得很細，很好聽，以後每天晚上都要喝一杯。我真害怕喝到最後會變成女生。

媽媽找遍了書架上的故事書，終於找到一篇〈王祥臥冰〉的故事，這是古代二十四孝中的其中一孝。我照著書上所寫的唸一遍，媽媽一邊聽，一邊搖頭：「不行，不行，要有感情。請你想像著，如果有一天，媽媽生病了，你去買魚回來給我吃，多麼感人啊。」這真是太難了，我根本不知道去哪裡買魚啊。

我花了三個晚上，好不容易將這篇故事背起來，還得加上動作和表情。媽媽覺得很滿意，我自己聽了卻覺得有

點想笑。

比賽那一天，媽媽在我頭上抹了髮膠，吹了個很整齊的髮型，然後得意的看著我，說：「太帥了，評審老師會被你迷住的。」

結果，十七個參加比賽的小朋友當中，有六個人是背〈王祥臥冰〉。輪到我時，我看到打分數的老師掩著嘴，打了個大呵欠。

後來，我當然沒有得到第一名。老師說我是第四名，可是獎狀只有頒發給前三名。

爸爸笑著對媽媽說：「如果請你來講如何孝順兒子的故事，保證得獎。」

36 寫信給貝貝

學校的輔導室，有一個「貝貝信箱」。老師說：「如果有什麼問題，可以寫信去問貝貝，貝貝是專門替小朋友解決困難的。」

林世哲有一次下課時，很寶貝的拿出一張貼紙，告訴我們：「我昨天寫信給貝貝，今

天他回信了，還送我貼紙呢。」

哇，那張貼紙很漂亮，是立體貼紙呢！可惜我沒有什麼煩惱的事情，不然也可以寫信給貝貝。

今天，我終於有機會可以寫信給貝貝了。因為昨天晚上，爸爸和媽媽吵得很大聲。我問貝貝，他們是不是會離婚，我該怎麼辦？另外，如果要送貼紙給我的話，送「珠光黃裳鳳蝶」的好了。

貝貝沒有回信給我，但是快放學時，媽媽到學校來了。她和老師在走廊談了很久。

回家路上，媽媽牽著我的手，說：「你怎麼會以為我和爸爸要離婚呢？」

我說：「電視上就是這樣演的，他們一直吵一直吵，然後就離婚了。」

媽媽拍了我的頭一下，說：「我的老天，以後不准你再看那些亂七八糟的連續劇了。」我很想提醒媽媽，我都是和她一起看的。

晚上吃飯時，媽媽對爸爸說：「猜猜你兒子今天做了什麼事？」

爸爸笑著說：「難道他今天考了一百分？」

「唉，他寫信去投訴，說我們吵架要鬧離婚哩。」爸爸不相信的瞪大眼，說：「怎麼會這樣？」我只好告訴他們：「沒有錯啊，昨天你不是為了襪子脫下來要放在哪裡，和媽媽吵了很久嗎？」爸爸拍拍我的肩，說：「兒子，那是我和媽媽在溝通，你長大以後就會懂。」

離婚!!

37 寫生比賽

國慶日前幾天，老師發給每個人一張單子，說：

「這個星期天，可以請爸媽帶你們到山上去參加寫生比賽，成績好的有獎品呢。」

回家後，我告訴爸爸這件事。爸爸對媽媽說：

「我們很久沒出去玩了，正好趁這個機會上山走走。」

哇，山上有許多昆蟲，我一定要好好抓個夠。

星期天一大早，我準備好望遠鏡、昆蟲箱和捕蟲網，便催著爸媽趕快出發。

正要出門時，媽媽突然大叫：「有沒有搞錯啊！畫板、彩色筆都沒帶，怎麼參加寫生比賽？」

到了比賽地點，我領了紙便坐在大樹下開始畫。

我問爸爸要畫什麼，媽媽拍拍我的頭，說：「隨便你，你覺得哪裡漂亮，就畫哪裡，愛怎麼畫，就怎麼畫。」

可是過了不久，媽媽散步回來，看了我的畫一眼，便說：「哎呀，人怎麼比樹還大？這隻狗怎麼畫成這個怪模樣？」我嘟起嘴說：「您剛才不是叫我愛怎麼畫，就怎麼畫嗎？」

媽媽嘆了一口氣說：「好啦，好啦，隨便你，我不管你了。」

又過了一會兒，她走過來再看一眼，說：「哎，

不要用紅色嘛，用黃的比較好。」爸爸聽了說：「是你比賽還是兒子比賽？」媽媽瞪了爸爸一眼，說：「好啦，我不管你了，愛怎麼畫就怎麼畫。」

再過一會兒，媽媽又說了：「樹枝怎麼畫成那樣？形狀不對。」

我只是想著趕快去抓大鳳蝶，根本不想畫了，就告訴媽媽：「乾脆您教我畫好了。」

媽媽又說：「是你參加比賽，又不是我，你愛怎麼畫就怎麼畫。但是地上最好用淡黃色來塗，還有天空要……」

媽媽還沒說完，就被爸爸拉走了：「好太太，再去散步吧。」

38 練習說話

上課鈴響了，大家都坐好。老師說這一節課要教我們怎樣說話。我們聽了都覺得很好笑。除了啞巴，誰不會說話啊？

蕭名揚舉手說：「報告老師，我們早就會說話了，可不可以改上遊戲課？」

老師說：「學校裡沒有遊戲課。」然後又告訴我們：「別以為說話很簡單，有沒有人要上來練習？說故事、猜謎語，都可以。」

大家都覺得很有趣，林世哲第一個舉手：「我要講笑話。」

他站到講臺上，開始說：「有一個農夫……」接下來越講越小聲，最後只看見他自己一個人笑得東倒西歪。大家都說：「一點也不好笑。」、「根本沒聽到。」他只好氣呼呼的下臺。

第二個上臺的人是蕭名揚。他很神氣的說：「我出一個謎語給大家猜，會的人舉手。」我們都坐直了身子，準備聽題目。

「在《西遊記》裡，跟唐三藏一起去取經，長得又胖又呆，好吃懶做的人是誰呀？」這題太簡單了，大家都搶著舉手說：「我！我！我！」

蕭名揚立刻捧著肚子哈哈大笑。我們才知道被他給騙了。李靜大聲的說：「說我們是豬八戒，你才是。」

接下來，張志明也上臺講了一個很長的故事；可能是他自己亂編的，因為他一直將情節搞錯，明明在故事前面已經死掉的人，後來卻又說他要上山找老虎報仇。我們越聽越迷糊。最後，老師看看手錶，說：「對不起，這個故事先到此結束，好嗎？」接著，老師問大家：「上臺說話，

應該要注意哪些事？」「不要太小聲。」、「不要亂噴口水。」、「不要講太久。」

老師很滿意的點點頭：「嗯，很好，看來你們都知道了。」

不曉得老師知不知道，其實平常全班講得最久的人，就是她自己。

39 晨間檢查

每天早上，老師一走進教室，拿出晨檢簿，我們就知道要開始晨間檢查了。（注）

老師檢查的項目非常多，而且每天都在變。不知道今天要檢查什麼？

「拿出手帕、衛生紙。」好險！媽媽昨天才買的，已經放在書包裡了，我趕快拿出來。

「只有衛生紙，手帕呢？」

我趕快解釋：「這是紙手帕，用完就丟，可以當手帕，也可以當衛生紙。」媽媽發現有這種東西時，高興的買了許多，叫我每天帶一包，以後就不用煩惱有時忘了帶手帕，有時忘了補充衛生紙。

老師卻說：「還是帶條布手帕吧，你常常流了一身汗，用

手帕擦比較好。」

老師對新產品真是沒信心啊。

張志明又是薄薄的一張衛生紙，這是他剛才偷偷跟林世哲要的，等一下他一定會告訴老師，早上去上廁所用掉了，不然就是擦鼻涕用掉了。

老師果然問了：「張志明，衛生紙怎麼只有一張？」

張志明說：「報告老師，剛才我摔了一跤，褲子很髒，拿衛生紙擦，用掉了。」他真是編故事的高手，天天都有新答案。

老師笑著說：「以後你應該多帶一些，不要每次在我檢查時就用光了，如果等一下你想上廁所，怎麼辦？」

蕭名揚的手帕看起來怪怪的。老師打開來，問：「這不是你擦桌子的抹布嗎？」

李靜很神氣的拿出手帕和一疊衛生紙：「老師，我的手帕還噴了香水。」

老師搖搖頭，笑著對全班說：「要你們帶手帕和

衛生紙，可不是為了要給我檢查，你們必須用它們來保持乾淨啊。」

注：現在小學沒有規定老師要做晨間檢查。

40 我發誓

張志明很愛發誓，我猜他是從電視上學來的，當然我也是看電視才知道的。

老師如果問他：「你的作業為什麼沒交？」他會說：「因為我只寫一半。」然後又補充，「我寫到一半時鉛筆用光了。真的，我發誓。」

老師有一次告訴他：「其實在國外，學生都會說：我的作業被狗吃掉了。」

張志明假裝不知道這是笑話，還很正經的說：「我家有養狗，真的，我發誓。」

昨天上數學課時，張志明一直趴在桌上畫圖，老師看見了，走過去，翻翻他桌上的課本，不高興的說：「不可以在課本上畫烏龜，我上次已經提醒過你了。」

「好好好，我發誓，我不再畫了。」張志明抬起頭，笑咪咪的說。

沒想到今天上生活課，老師在黑板寫字時，張志明又忘了。林世哲舉手大聲說：「報告老師，張志明又在畫烏龜，一共畫了三隻大的，兩隻小的，他上課不專心。」

張志明生氣的瞪他一眼：「你那麼專心看我畫烏龜做什麼？」

老師轉過身，站在臺上盯著張志明一直看。然後，她忽然跺著腳，很生氣的說：「我發誓，我再也不相信你了。」

這一句，昨天的電視連續劇裡也有喔，是女主角對男主角說的。老師一定也有看電視連續劇，我發誓。

41 我愛上學

快放暑假時，有一天趁老師去開會，王婷告訴我們，明天大家應該送禮物給老師，感謝她這一年來的教導；但是不必花大錢買，自己畫一張卡片也可以，而且要偷偷放在老師的抽屜，給她一個驚喜。王婷說這是輔導室的老師教的。

張志明說，如果要讓老師嚇一跳，最好在抽屜裡

放一隻青蛙。他一說完，我們就一直瞪他，他趕快說：「輕鬆一下嘛，我只是開個玩笑。」

老師教我們那麼辛苦，臉上的青春痘一直長、一直長，都沒有消失，媽媽說那一定是被我們煩出來的，怎麼可以嚇她呢？我想了又想，決定用零用錢買一束花送給老師。

如果沒有上學，沒有老師教我認識字，我一定會成為「文盲」，連《笑話集》都看不懂。將來萬一成為昆蟲專家、棒球明星或跆拳道高手，人家請我簽名，我連名字都不會寫，那不是太慘了嗎？而且媽媽說，自從我上學以後，開始有讀書人的味道，捧著故事書專心閱讀時，看起來像個有氣質的王子。上了學，就是從此過著快樂幸

福的生活，不但使我變得更聰明，而且也更帥了。

我愛上學，我要從一年級、二年級、三年級……一直讀到一百年級。希望所有的小朋友，也都跟我一樣愛老師、愛上學。

再見了！

附錄1

國民小學一年級重要行事曆

（以臺北市為例，其他縣市大同小異。可直接向學校洽詢）

時間	重要行事	備注
開學前	1五月底至六月第一週六至學校辦理新生報到，若週六沒空，可選擇上班日個別報到。七月底或八月初編班，於學校與網站公布就讀班級。 2攜帶入學通知單及戶口名簿至學校辦理報到。 3特殊兒童調查安置。 4開學前填妥新生綜合資料（含基本資料、緊急聯絡卡、預防接種記錄與其他調查表格），請參考各校的新生報到網頁說明，依步驟指引填寫。 *以上新生報到流程在臺北市均改為線上辦理，詳細流程請參考臺北市國民小學新生入學資訊網：https://tpenroll.tp.edu.tw/	1五月底前，家長如未收到入學通知單，請向各地區公所民政課查詢。 2購買校服，讓孩子練習寫名字。 3盡量在開學前完成預防針施打。 4開學前確定孩子放學後是否報名學校課後照顧班，或選擇安親班、誰負責接送。
開學了	1八月三十日（或前後數日）開學。 2新生訓練、始業式、新生家長座談、新鮮人認識校園活動。	1教會孩子熟悉上、下學路線、接送點與導護交通崗位置。 2練習打緊急電話。

3繳交預防接種記錄卡影本，學生綜合資料卡。

4收到臺北市政府教育局校園繳費系統通知單，網路繳費。或是收到學校提供的繳費四聯單後，至各指定點繳交各項費用，交回註冊聯。

開學後

1每週有一日全天課（多為週二），其餘半天，中午12點放學。

2前十週，以注音符號教學為主。第十一週舉行多元評量活動。

3臺北市從一年級開始有英語課。

4實施各項健康檢查（包括：身高、體重、視力、牙齒、蟯蟲、尿液檢查、全身健康檢查、心臟篩檢等）。

5學校與家庭聯絡方式：

- 電話訪談、家庭聯絡簿
- 舉辦學校日（通常是開學後第一週或第二週）。需要者可另與老師約談。

1全天課時，盡量讓孩子帶便當或訂學校供應之午餐。

2在家多協助孩子練習注音符號，它是閱讀基礎。

3培養親子共讀習慣。

4訓練孩子酌做家事。

5適度與導師保持聯絡，了解孩子發展狀況。孩子若有特殊身體狀況請主動告知導師。

6提早讓孩子適應上學作息時間（上午7點50分前到校）。

7吃完早餐再上學。

附錄 2

讀後活動

我會畫我的老師

我會畫我的好朋友

作者的話

王淑芬

寫作童書三十多年，【君偉上小學】應該算是我的招牌作品吧。一套六本，從一年級到六年級，陪伴三十年來的小學生，成為中學生、大學生；而「專為某一年級量身打造」的寫作創意，也成為我個人寫作的挑戰，因為必須在每升一個年級，就更換一種語氣與寫作技巧，以符合那個年紀的文學認知程度。所以，寫君偉，讓我寫作功力進步很多呢。

雖然不斷有讀者要求我寫「君偉上中學」，甚至希望寫到君偉讀博士班、君偉的一生，但是我一直沒讓這個可愛的班級離開小學。原因有兩個：第一是我不喜歡一個主題寫個沒完沒了，會變得枯燥無趣。第二是我希望君偉在讀者心中，永遠是個等待長大、有無限可能的孩子。投射在每個讀者身上，其實我們每個人心裡，也像君偉一樣，仍在「長大中」。一想起君偉，我願大家能露出笑容，回味著他跟張志明的爆笑對話，以及這個班級層出不窮的驚奇事件。讓我們就這樣，暫時在書本上，無憂無慮的過著小學純粹善與真的生活。

【君偉上小學】歷經三十年，改版過幾次，主要是讓它更貼合現在的小學，修訂部分情節與用語。不過，某些地方其實我覺得不改也無妨，讓現今的孩子回頭看看臺灣小學的從前也不錯，覺得：「哇，原來以前的小學有福利社，會賣飲料與零食。以前的班級幹部名稱跟現在不太一樣。以前還有班級間的基本動作比賽，老師每天還會檢查學生有沒有帶手帕與衛生紙呢。」

這些改變，是一個社會進展過程，變得更好，或沒什麼兩樣？我也無法評論，但如果有人想做研究，藉著這套書的幾次改版，說不定能勾勒出臺灣小學教育三十年的基本樣貌。

不少家長告訴我，孩子們是從【君偉上小學】開始願意讀「文字多」的書，我真感到開心。而且不知道讀者有無注意到，我是個很注重文學技巧的人，光是《一年級鮮事多》每篇故事的開頭，我就至少運用四種不同寫法，分別是「時間、事件、疑問或問題、形容詞」來當第一句。我私心希望小讀者不僅在讀故事，也在我說故事的手法中，學到文章的多種敘述方式。至於每篇故事如何結尾，我也有講究，有興趣的人，可以找其中一本來統計分類一下。下次當你寫作時，光是收尾便能有多元的表達。

我熱愛寫作，也很幸運的透過【君偉上小學】，結交許多不同年齡層的讀者朋友。君偉是臺灣第一套專為小學生而寫的校園故事，它也是每年暑假，常被贈為開學禮物的書。君偉在每週要上六天課的早年，陪伴過當時的小孩；如今週休二日，君偉這套書仍在各個圖書館與書店，笑咪咪的等著跟今年的小學生成為好朋友。被讀者稱為「君偉媽媽」的我，看著我的書小孩一直都精神飽滿、挺直書背站在書架上，無比滿足！

作者簡介

王淑芬

生日——很久很久以前的5月9日

出生地——臺灣臺南

小時候的志願——芭蕾舞明星

最喜歡做的事——閱讀好書，做手工書

最尊敬的人——正直善良的人

最喜歡的動物——貓咪與五歲小孩

最喜歡的顏色——黑與白

最喜歡的地方——自己家

最喜歡的音樂——女兒唱的歌

最喜歡的花——鬱金香與鳶尾花

畫者簡介

賴馬

1968年生，27歲那年出版第一本書《我變成一隻噴火龍了！》即獲得好評，從此成為專職的圖畫書及插畫創作者。
賴馬的圖畫書廣受小孩及家長的喜愛，每部作品都成為親子共讀的經典。獲獎無數，包括圖書界最高榮譽的兒童及少年圖書金鼎獎，更曾榮登華人百大暢銷作家第一名，是第一位獲此殊榮的本土兒童圖畫書創作者。
代表作品有：圖畫書《我變成一隻噴火龍了！》、《愛哭公主》、《生氣王子》、《勇敢小火車》、《早起的一天》、《帕拉帕拉山的妖怪》、《金太陽銀太陽》、《胖先生和高大個》、《猜一猜 我是誰？》、《慌張先生》、《最棒的禮物》、《朱瑞福的游泳課》、《我們班的新同學 斑傑明・馬利》、《我家附近的流浪狗》、《十二生肖的故事》、《一樣不一樣 斑傑明・馬利的找找遊戲書》、及《君偉上小學》系列插圖。（以上皆由親子天下出版）

君偉上小學1

一年級鮮事多

作者｜王淑芬
繪者｜賴馬

責任編輯｜許嘉諾、熊君君、江乃欣
特約編輯｜劉握瑜
封面設計｜丘山
電腦排版｜中原造像股份有限公司
行銷企劃｜林思妤

天下雜誌創辦人｜殷允芃
董事長兼執行長｜何琦瑜
兒童產品事業群
副總經理｜林彥傑
總編輯｜林欣靜
主編｜李幼婷
版權主任｜何晨瑋、黃微真

出版者｜親子天下股份有限公司
地址｜臺北市 104 建國北路一段 96 號 4 樓
電話｜（02）2509-2800　傳真｜（02）2509-2462
網址｜www.parenting.com.tw
讀者服務專線｜（02）2662-0332　週一～週五：09:00~17:30
讀者服務傳真｜（02）2662-6048　客服信箱｜parenting@ cw.com.tw
法律顧問｜台英國際商務法律事務所・羅明通律師
製版印刷｜中原造像股份有限公司
總經銷｜大和圖書有限公司　電話：（02）8990-2588

出版日期｜2012 年 7 月第一版第一次印行
2023 年 3 月第二版第一次印行

定價｜360 元
書號｜BKKC0051P
ISBN｜978-626-305-407-3（平裝）

訂購服務——
親子天下 Shopping｜shopping.parenting.com.tw
海外・大量訂購｜parenting@cw.com.tw
書香花園｜台北市建國北路二段 6 巷 11 號　電話｜（02）2506-1635
劃撥帳號｜50331356 親子天下股份有限公司

國家圖書館出版品預行編目 (CIP) 資料

一年級鮮事多 / 王淑芬文 ; 賴馬圖. -- 第二版. --
臺北市 : 親子天下股份有限公司, 2023.03
192 面 ; 19X19.5 公分 (君偉上小學 ; 1)
注音版
ISBN 978-626-305-407-3(平裝)
863.596　　111021918

立即購買 >
有聲故事書